GALERIE NATIONALE,

Où l'on voit nos *fameux* Patriotes repréfentés
dans leur plus beau jour;

SUIVIE

DES CONSOLATIONS ET DES DÉSOLATIONS,

DES DÉSOLATEURS ET DES DESOLÉS

DU JOUR.

PAR M. ANTI-JACOBINIUS.

Des fottifes du tems je compofe mon fiel.
. . . .
Le mal eft, qu'en rimant, ma Mufe un peu légere,
Nomme tout par fon nom, & ne fauroit rien taire.

BOIL.

A PARIS,

Chez les Marchands de Nouveautés.

1792.

DIALOGUE
ENTRE LE DÉMOCRATE
ET LE MÉCONTENT.

———————

Le Démocrate.

D'où vient ce noir chagrin qu'on lit sur ta Figure.
De ces fréquens soupirs que dois-je enfin conclure?

Le Mécontent.

Hélas! je suis ruiné!

Le Dém.

Ruiné! mais, ce malheur
Est de tous nos Français le seul titre d'honneur.

Le Méc.

Se ruiner par honneur! ce n'est point ma folie,
Je sens trop que l'honneur ne soutient pas la vie:

Le Dém.

Pour régner sur son Roi, pour vivre indépendant,,
Le Français doit souffrir & paraître content.

Le Méc.

Pour cet honneur, sur moi reçois là préférence,
Je ne suis point jaloux de mourir d'indigence;
Un peuple qu'on encense en le privant de pain,
Me paroît, je te jure, *un triste Souverain,*
Et malgré le pouvoir que promet la licence
Je veux être soumis & vivre dans l'aisance.

A 2

J'aimerois mieux cent fois être en captivité,
Que de mourir de faim en pleine liberté.
Nos befoins font urgens, & je fuis en colère,
Quand je vois, à nos frais, un Sénat mercenaire,
Des tyrans foudoyés qui bleffent à la fois
L'honneur, la probité, la juftice & les loix.

Le DÉM.

Arrête, cher ami, le feu de ton génie,
Modère les clameurs d'une Mufe en furie,
Si tu fouffres, n'importe, apprends à refpecter
Ceux que dans ton humeur tu te plais à blâmer;
Si tu ne meurs de faim, plutôt que dé te plaindre,
De nos *bons Citoyens* ta tête a tout à craindre.

Le MÉC.

Crois-tu qu'un vrai Français puiffe voir fans douleur
La France fe couvrir de mépris & d'horreur?
Son Roi par fes Sujets tenu dans l'efclavage,
Soumis aux vains décrêts enfantés par la rage,
Un Monarque outragé, qui, dans tous fes foldats,
Pour prix de fes bienfaits ne voit que des ingrats;
De fon cœur paternel la bonté fecourable
Jette encor fur fon peuple un regard favorable.
Peuple jadis fi doux, aujourd'hui fi cruel,
Aveugle deftructeur du Trône & de l'Autel,
Deffilles donc tes yeux, reconnais ta faîbleffe,
Rends à ton Souverain ton refpect, ta tendreffe,
Terraffes les Tyrans qui, flattant ton erreur,
Entrouvent fous tes pas le gouffre du malheur,
S'abreuvent de ton fang, s'enrichiffent des larmes

Que t'arrachent ces jours de difette & d'allarmes ;
Ton coupable refpeƈt pour tes cruels bourreaux
Encourage leur zèle à redoubler tes maux :
Peux-tu voir de fang-froid les Temples renverfés,
Les Nobles avilis, leurs Châteaux embrafés,
Les Miniftres fidèls au culte de leurs pères
Livrés à la fureur d'infames Réfraƈtaires,
Une ligue infernale, affemblage odieux
De monftres conjûrés pour prêcher en tous lieux
Le mépris pour les loix, l'amour du brigandage,
La révolte, le feu, le meurtre & le pillage...

Le DÉM.

Silence... ou crains de voir, dans ton malheureux fort,
La lanterne t'offrir la lumière & la mort.

Le MÉC.

Faut-il, fans dire mot, que je fois la viƈtime
D'un Sénat dont les loix *légalifent* le crime ?
Faut-il donc, qu'en chantant, je cours à l'Achéron,
Tandis que nous ôtant de quoi payer Caron,
Meffieurs nos Députés, d'une ardeur non commune,
A travers nos débris courent à leur fortune ;
Contre ces Scélérats j'enrage, & mes projets
Sont de rompre en vifière à tous leurs vains décrêts
Qui n'offrent à mes yeux qu'injuftice, infamie,
Les écarts deftruƈteurs d'une lâche furie ;
A chanter ces forfaits je ne puis confentir,
Dans mes vers, je ne fais ni flatter, ni mentir ;
Je ne faurois trouver un fage dans Barnave,
Un Solon dans Chabot, dans Liancourt un brave ;

Je ne ſaurois jamais, voilant mes ſentimens,
A des Dieux ſans vertu prodiguer mon encens,
On ne me verra point d'une veine forcée,
Pour louer nos tyrans déguiſer ma penſée ;
Et quelque grand que ſoit leur pouvoir ſouverain,
Un vers en leur faveur me roidiroit la main.
A m'inſpirer pour eux, Apollon ſe refuſe,
Quand il faut les blâmer, il ſourit à ma Muſe ;
Apprends que mon eſprit n'eſt pas moins courroucé
De trouver dans d'Autun un fourbe intéreſſé,
Que de voir un Barnave, affamé de carnage,
Pour la ruine des grands mettre tout en uſage ;
Chez Briſſot la rapine eſt toujours de ſaiſon,
Le riche près de lui ne peut trouver raiſon ;
A travers de ſon maſque on découvre le traître,
Il ne peut empêcher ſa noirceur de paraître.
Fauchet l'inquiſiteur, Citoyen dangéreux,
Dont le pinceau groſſier d'un cervau venimeux
Peint des traits les plus noirs l'action la plus belle,
Voulant ſinger CHARLOT ſurpaſſe ſon modèle,
De ce cœur gangrené le langage odieux
Peint l'honneur aux Français tel qu'il eſt à ſes yeux ;
Un crime aux Jacobins devient-il néceſſaire ?
Fauchet pour l'enfanter n'attend que ſon ſalaire.
Emule de Lameth, qui l'imite à ſon tour,
Noaille eſt un ſerpent allaité par la Cour.
Son cœur peſtiféré, dans ſon ingratitude,
D'injurier ſon Roi s'eſt fait une habitude.
En fierté Bailli ne trouve point d'égal,

Mais sur le ton pédant Baumez est son rival.
Du fougueux Chapellier le zèle incendiaire,
Fit de tous nos châteaux autant de luminaire,
(1) Il vit avec plaisir changer par nos décrets
Des loix qui l'ont flétri, pour prix de ses forfaits.
Nicodême en son nom renferme une satyre,
Et l'on ne peut jamais l'appeller sans médire.
Chabot l'ex-capucin qu'un faux zèle conduit,
Croit pouvoir compenser le talent par du bruit;
Le bon sens a pour lui des bornes trop petites,
Et dans tous ses discours il franchit ses limites;
La Cépède, l'Asnon, marchent du même pas,
Et ne sont point jaloux de l'esprit qu'ils n'ont pas;
Du fameux Guillotin le sanguinaire ouvrage,
Fait jouer à l'auteur un triste personnage;
Si dans notre malheur il ne peut nous servir,
Au moins en récompense, il nous aide à mourir.
D'Aiguillon est un traître, un GÉANT EN BASSESSE,
Un lache qui de boue a couvert sa noblesse,
(2) *Hermaphrodite enfin, digne, sous ses haillons,*
De servir, sans rival, d'enseigne aux porcherons.
Germain, Anson, Treilhard, au temple d'ignorance
Ont peine à s'accorder sur la prééminence.
Condorcet l'endormeur nous étale toujours
L'art de ne nous rien dire avec de longs discours.

---

(1) Il fut condamné à être pendu, il y a quelques années, pour avoir exercé trop tôt les fonctions d'un Député, en escroquant les Bijoux d'une Dame.

(2) Sa taille gigantesque, sous les habits de poissarde, fut le seul signe physique qui indiqua son sexe dans la journée du 4 & une.

Paftouret, grand parleur, en mots pompeux abonde ;
A force de faibleffe il affomme fon monde ;
Populus fut fe taire, & ce rare talent
Le rend plus que Barnave à mes yeux important ;
L'enfant Montmorency, *libre de connoiffance*,
Ne put fervir l'État qu'en gardant le filence ;
Merlin dans fon orgueil a droit de fe flatter
De l'oubli que Tronchet peut feul lui difputer ;
Le nature en Fréteau s'eft un peu négligée,
La raifon pour Camus s'eft affez ménagée,
Mercenaire orateur, qui, dans fa vanité,
Croit que tout le favoir eft chez lui retiré ;
La Fayette étoit fait pour briller dans l'hiftoire,
Et paffer en héros au temple de mémoire ;
L'orgueil de commander à nos anti-guerriers,
De fes premiers exploits a flétri les lauriers ;
Son ame avec l'honneur s'étoit accoutumée,
Aujourd'hui fur fon front la honte eft imprimée ;
La Fayette, oubliant l'honneur avec fa foi,
Se plut infolemment à captiver fon Roi.
Ma Mufe fe révolte à peindre Robefpierre.
Éloquent babillard que le peuple révère,
Qui, toujours exalté dnas fes bas fentimens,
Pour frayer en efprit outrage le bon fens ;
A l'entendre, à le voir, qui pourroit méconnoître
Le fang empoifonné qui circule en ce traître ;
Jaloux de conferver l'honneur de fa maifon,
Ce Damien fur les Rois diftille fon poifon ;
Vil infecte gonflé de l'amour de foi-même,

Qui fe croit un Caton dans fon orgueil extrême;
Enfantin ébloui du nom de Sénateur,
Qui veut prendre un faux air, une folle hauteur;
L'argent le plus fouvent lui fournit la parole,
Et l'intérêt chez lui remplit le premier rôle:
Tels font nos Députés, qui tous, ou plus où moins,
Par leurs vols journaliers augmentent nos befoins;
La plûpart par une ame à l'intérêt foumife,
De leurs opinions font chère marchandife;
Tels que, dans nos marchés, on voit des brocanteurs
Vendre leurs vieux haillons aux plus enchériffeurs.

Le DÉM.

Alte-là, fcélérat, modère un peu ta bile,
Je fais contre ma rage un effort inutile;
Comme un homme pervers je cours te dénoncer
Au Club des jacobins, qui vont te terraffer.

Le MÉC.

Je fais que ces mutins dominent les efprits,
Et que tous les pouvoirs font par eux envahis;
Ce Club, de fcélérats effroyable repaire,
Sous fon joug orgueilleux veut enchaîner la terre:
Des traités les plus faints nous fait rompre les nœuds,
Et répand le défordre & la crainte en tous lieux.

L'Affemblée Nationale ayant jugé à propos de placer
dans fon fein le Bufte de feu Mirabeau, nous croyons
devoir auffi esquiffer fon portrait, au fond de notre
galerie; parmi un nombre infini d'Epitaphes faites en
fon honneur, voici celle qui a obtenu le prix au
Temple de la Vérité.

Monstrum horrendum, informe, ingens, cui lumen
ademptum.

Cy gît de Mirabeau l'Émule de Cromwel,
Cet infame fléau du Trône & de l'Autel,
L'Enfer qui le vômit du fond de ses abîmes,
Fut lui même à la fin fatigué de ses crimes;
Indigne de son rang, qu'il voulut dégrader,
Dans son coupable orgueil rien ne put l'arrêter,
La noirceur de son ame égala son génie,
Sa mort est le seul bien qu'il fit à sa patrie.

AUX HONNETES GENS.

Français, qui gémissez sous les fers des tyrans,
Rendez par vos efforts leurs efforts impuissans;
Leur orgueil, non content de renverser le trône,
Voudroit encor du Ciel usurper la Couronne,
Venez leur enlever le fruit de leurs travaux,
Sévrer leur cruauté du plaisir de vos maux.
Armez vous de courage, il en est tems encore,
Abattez sous vos coups l'Hydre qui vous dévore;
Armez vous, & sur tout qu'un accord plus parfait,
Du retour du bon ordre assure le succès;
Pillés, proscrits, errants, plongés dans la misère,
Pourriez-vous craindre encor le parti de la guerre?
Il faut tout entreprendre, il vous faut tout tenter,
Vos malheurs sont trop grands pour pouvoir
    augmenter.

CONSOLATIONS et DÉSOLATIONS

des DÉSOLATEURS et des DÉSOLÉS

DU JOUR.

La plûpart de nos Sénateurs,
A leurs dépens font des rieurs,
   C'eſt ce qui les défole;
Mais auſſi dix-huit francs par jour
Les font bien mieux rire à leur tour,
   C'eſt ce qui les confole.

Ils font chaque jour cent décrets,
Dont la plûpart ſont fort mauvais,
   C'eſt ce qui nous défole ;
Le tort qu'ils font leur eſt égal,
Ils n'en reſſentent point de mal,
   C'eſt ce qui les confole.

Ils nous donnent des aſſignats,
Dont eux-mêmes ne veulent pas,
   C'eſt ce qui nous défole;
Déja l'on ſonne le trépas
Des décrets & des aſſignats,
   C'eſt ce qui nous confole.

Chabot, capucin infenfé,
Des gens de bien eft méprifé,
   C'eft ce qui le défole ;
Mais, s'il eft pauvre en fentimens,
Il s'enrichit à nos dépens,
   C'eft ce qui le confole.

Fauchet, le grand inquifiteur,
Voit des Lions calmer la fureur,
   C'eft ce qui le défole ;
Mais bientôt un délit nouveau,
Eclot de fon frêle cerveau,
   C'eft ce qui le confole.

Des Grands qu'il veulent anéantir
Desmoulins voit le fang tarir,
   C'eft ce qui le défole ;
Si le fer ne les détruit pas,
C'eft qu'ils fuyent dans d'autres climats,
   C'eft ce qui le confole.

Barnave, en vain de Monarchiens,
Veut nous rendre Républicains,
   C'eft ce qui le défole ;
Grace aux enfans de fon cerveau,
Louis n'eft plus qu'un Soliveau,
   C'eft ce qui le confole.

Bailli , que l'on croyoit favant,
Paffe aujourd'hui pour un pédant,
   C'eft ce qui le défole ;
Chaque membre de fon confeil
Offrit à fes yeux fon pareil,
   C'eft ce qui le confole.

D'Autun, donnant dans le travers,
Eft regardé comme un pervers,
   C'eft ce qui le défole ;
Mais dans ce fiècle les vertus
Paffent toutes pour des abus ,
   C'eft ce qui le confole.

De Lydda , doit cent mille francs,
On lui propofe deux fermens,
   C'eft ce qui le défole ;
Ces deux fermens font prononcés ,
Tous fes créanciers font payés ,
   C'eft ce qui le confole.

D'Orléans, malgré fes bienfaits ,
N'a pu nous rendre fes fujets,
   C'eft ce qui le défole ;
Mais par fes manéges fecrets ,
On applaudit à fes forfaits ,
   C'eft ce qui le confole.

La Fayette fut Général ,
D'un Régiment original ,
    C'eſt ce qui le déſole ;
De ſes anciens maîtres l'effroi ;
Il fut le geolier de ſon Rôi ,
    C'eſt ce qui le conſole.

Nos braves Soldats commerçants ,
Ne voyent leurs fuſils qu'en tremblants ,
    C'eſt ce qui les déſole ;
Ils ont Epaulette & Plumet !
Les Badauts leur portent reſpect ,
    C'eſt ce qui les conſole.

Excellents Soldats pour la paix ,
De la guerre ils vòient les apprêts ,
    C'eſt ce qui les déſole ;
Mais le talent qu'ils ont de fuir
Du danger peut les garantir ,
    C'eſt ce qui les conſole.

Louis ſur le trône enchaîné ,
Par ſes ſujets eſt gouverné ,
    C'eſt ce qui le déſole ;
Il eſt encor de vrais Français ,
Reconnoiſſans de ſes bienfaits ,
    C'eſt ce qui le conſole.

Les prôneurs de la Liberté,
Le tiennent en captivité,
  C'est ce qui le défole ;
Bientôt la chûte des tyrans,
Rendra Louis à fes Enfans,
  C'est ce qui nous confole.

Le peuple, fot admirateur,
Ne peut fe cacher fon malheur,
  C'est ce qui le défole ;
Mais on l'étourdit chaque jour,
Aux fons nationaux du tambour,
  C'est ce qui le confole.

De cent décrets qu'on n'entend pas,
Il nous faut murmurer tout bas,
  C'est ce qui nous défole ;
Mais bientôt à notre défaut,
Condé murmurera plus haut,
  C'est ce qui nous confole.

Bien loin d'adoucir notre fort,
D'une chimère on nous endort,
  C'est ce qui nous défole ;
Bientôt l'idole tombera,
Et de fa chûte l'on dira,
  C'est ce qui nous confole.
      F I N.